Cinco Mejores Historias Para Leer

W.U.Hassan

Descargo de responsabilidad:

Tenga en cuenta que la información contenida en este documento es solo para fines educativos y de entretenimiento. Se ha hecho todo lo posible para presentar información precisa, actual, confiable y completa. No se otorga ni se implica ninguna garantía. Los lectores reconocen que el autor no tiene la obligación de brindar asesoramiento legal, financiero, médico o profesional. El contenido de este libro proviene de una variedad de fuentes. Consulte a un profesional matriculado antes de intentar cualquiera de las técnicas descritas en este libro.

índice

desearía que estuvieras aquí

¡Hola desde la ciudad del amor! No tengo mucho espacio en esta postal, así que seré breve. Por cierto, voy a ir al buffet de panqueques de todo lo que puedas comer. Mi nuevo amante Jacques no puede pensar en una mujer con más curvas. Más besos de empuje, ¿sabes?

Ah, tienes que ver. Jacques es realmente atractivo, un completo idiota. Como George Clooney sin el problema de las drogas. Hablo por mí mismo con pómulos altos y mentón fuerte. Un acento que puede convertir el queso cheddar en gouda. Pizarra de ABS sobre la que se puede lavar un año y medio. Estoy seguro de que la revista Paris Health incluso llamó a su cuerpo la octava sorpresa natural del mundo.

¡Y qué creativo es con la nata montada!

De todos modos, solo quería decirte que espero que seas feliz con tu nueva novia. Ah, sí, he visto las publicaciones de Instagram, las películas de ustedes dos deslizándose en patines, las fotos de ustedes haciendo plasma juntos. Noté que su relación proxy era conocida en Facebook. No te estaba persiguiendo ni nada; alguien me envió recientemente los hipervínculos. Creo que cambió cuando Jacques me llevó a la Torre Eiffel. Es tan considerado.

Bueno, pídeme un deseo, ¿quieres? no me llames ya no vendré a ti estoy demasiado ocupado con el tiempo de mi existencia.

Desearía que estuvieras aquí.***

¡Hola desde la tierra de la pasta y la pizza! Disculpe cualquier falta de ortografía o arañazos antiestéticos en esta carta. Escribo desde una góndola porque Lorenzo insistió mucho. Juro que ama el agua casi tanto como yo.

Oh, este es realmente mi nuevo amante usando el camino. Créame, se ve muy bien, incluso con abdominales y pómulos. La novena maravilla natural. Grande, oscuro y misterioso, como el tipo que encontrarías en la portada de una novela de piratas. O como George Clooney con el problema de las drogas.

No te preocupes, amablemente dejaré a Jacques en París. Le dio la vieja regla: "Ahora no eres tú, soy yo". ¿Te acuerdas de esto? Tengo certeza que si.

No me importa, entonces Jacques tiene meses por delante, y si está en Roma, ¿no?

Habíamos visitado el gran museo de arte aquí el día anterior, la Galería de la Academia, Lorenzo y yo. Con tallas de mármol y arte al óleo y una forma inusual de urinario que probablemente solo existe como un baño de emergencia y no siempre es una verdadera obra de arte. Sin duda fue muy bonito.

Cuando llegamos a la última habitación, la que tiene la estatua de David como un superhéroe desnudo en el centro, pensé en ti. Pienso por qué.

Por cierto, por eso decidí escribirte ahora. No porque viste a tu TikTok y a tu nueva novia marcando el ritmo y gritando que no, y probablemente no por tu historia de Snapchat sobre la reapertura de tus almejas a pesar de todo este tiempo. Eventualmente seguí adelante y tú también deberías hacerlo.

Pero creo que puedes nominarme si realmente lo necesitas. Solo reconozca que he tenido los brazos amorosos fuera de mi estilo de vida de Lorenzo, por lo que es probable que responda tan anémica como su nueva novia. ¿Y cuál es el nombre de Gran Bretaña? Eso no importa.

Desearía que estuvieras aquí

¡Hola desde la soleada tierra de Jalisco, México! Oye, ¿sabes que siempre quise montar a caballo? Genial, voy por la mitad del sueño, cariño, porque estoy escribiendo esto a lomos de un burro. Santiago dice que es como montar a caballo, un burro más pequeño y con un poco de volantes es más efectivo y tiene otra letra en su atractivo. Es muy inteligente, mi nuevo amante, mi Santiago.

Créeme, cuanto menos hablemos de Lorenzo, mejor. Única recomendación: no es bueno que un hombre te lleve a un museo de arte a ver un urinario y una estatua masculina desnuda.

Santiago no es ese tipo de hombre. Y escucha esto: ella sabe cocinar. Y no solo espaguetis y mini arroz y almuerzo. comida de verdad. Le encanta cocinar todas nuestras comidas y no se queja en absoluto.

De hecho, la parte más divertida llegó el segundo día. Mientras me desplazaba por tu Twitter y escaneaba todos los viejos comentarios de "Solo necesito una mujer honesta" que publicaste y lo intenté de nuevo, el sofocante apartamento de Santiago se llenó con el olor a canela. Y cuando entró en la habitación y me pasó el plato de churros a mis espaldas, me puse a estudiar uno, todo cojo y marchito, y pensé en la estatua de David, y luego pensé en ti. Y me reí hasta que me caí del sofá y me golpeé la cabeza con la mesa de café y me dieron ocho puntadas.

Es por eso que te escribo ahora mismo. Para decirte lo doloroso que puede ser el amor verdadero. Entonces sabes que vale la pena. No hay otra razón.

¿Cómo es una chica honesta?

Pero para que quede claro, y tal vez esto se refiera a una conmoción cerebral, volveré a EE. UU. el próximo mes. Y apuesto a que si quieres pedirme perdón y pedirme que reconsidere nuestra relación, tal vez esté dispuesto a escuchar. Digamos una cena en el Olive Garden.

Mientras tanto, Santiago y yo tenemos burros para montar y churros para comer.

Te gustaría estar allí. ***

¿Qué pasa con el Starbucks de abajo? tu propia casa Con Bretaña y contigo. Debo admitir que fue solo una sorpresa cuando bajé la balanza y te vi mirando por la ventana, acurrucado a ambos lados del sofá de dos plazas, con las piernas enredadas como el símbolo del infinito.

¿Dices que quieres una persona sincera? Genial, eso es todo.

Nunca existieron. Jacques y Lorenzo y Santiago y Olaf nunca podrías apostar porque no fui a Rusia. Creo que sabes por qué hice esto.

Pero tal vez hayas visto las fotos que publiqué en Instagram, mis saltos en paracaídas y parapente y el rescate de huérfanos de ese edificio en llamas, y te quedaste impresionado. Tal vez lo hayas visto como yo vi las fotos de ti y Brittani en el trabajo, o tus tweets donde viste a "the one" o el video tuyo arrodillado en nuestro restaurante favorito.

Dudo que tus momentos hayan sido photoshopeados.

De todos modos, deberías encontrar esta publicación rápidamente. Acabo de pagarle a un novato elegante por una mezcla doble de 4 vasos de moka blanco y leche de almendras y quince paquetes alternos de Splendid para entregarte esta postal.

Tal vez podamos comunicarlo después de todo. yo era honesto

Sugiero estar de acuerdo en que este vecindario no es exactamente Olive Lawn, pero bueno, tampoco es Chilis.

Hasta entonces, estaré sentado aquí en el escritorio de la esquina por un tiempo, tal vez diez minutos o una hora o hasta que este vecindario cierre. No me importa esperar. No tengo nada más que tiempo ahora. Es hora de pensar en ti y en ella, y en los recuerdos de un estilo de vida que creía conocer, de una casa en la que nunca volveré a vivir.

Sin embargo, me encantaría estar allí.

¿Cómo puedes ganar un juego de ajedrez sin realmente intentarlo?

Descargo de responsabilidad: puede que no haya una manera fácil de ganar un juego de ajedrez. Pero es mejor si te ofreces a través de "Ganar" para perseguir al rey de tu oponente hasta que salte a un rincón solitario y tu visión se nubla en el ruido blanco y negro del tablero mientras tu oponente (John, Meera o Jeremy) se compromete. por desalojo De manera más efectiva, regrese regularmente a las sillas resistentes y las mesas tapizadas de la cafetería de la clase B de la universidad. Te sorprenderá ver a tu oponente en la cara quien, como recordarás, es tu compañero en los modos reales.

Si es John, sabes que sacará su frustración con su dedo medio inusualmente largo y elocuente. Si es Meera, examinará cada movimiento y se preguntará si está equivocada. Si es Jeremy, te felicitará con ojos tristes, tristes que son peores que el fracaso. No les habrías causado este dolor aunque pudieras; Son la forma de un hombre o una mujer atrapando avispas debajo de un frasco y escoltándolas para que griten en voz alta. Al menos así es como racionaliza sus pérdidas en curso.

No, para ganar un juego de ajedrez tienes que describir tus roles en tus propias oraciones personales.

Objetivo. Todavía no puedes descifrar tu objetivo, pero secretamente sospechas que hay una razón por la que tiendes a perder partidos todo el tiempo. El truco no siempre es conseguir que uno de tus luchadores entienda tus razones. ¿Qué pasa si alguien trata de avergonzarte? Quizás la buena manera de explicar el objetivo actual ahora es "destruye tu objetivo antes que tu oponente".

Jugador. Es posible que le gusten las cuatro personas en su asociación no oficial llamada RICA o Racial Stress Breeds Association. Para presentar una solicitud, debe ser un "Halfsie", mitad blanco y mitad no blanco. Es un guiño al tablero de ajedrez mitad blanco, mitad negro, por supuesto, pero también un testimonio de la naturaleza misma del rigor: 50/50, incompletitud, el grito amistoso que tu bestia te dio cuando te fuiste de California. y bien olvidado. A veces experimentas lo que realmente eres, la mitad de un todo; dos mitades que llevaría no siempre van de la mano.

Tú: Un mediocampista mexicano al que le dieron un pase de segundo de ajedrez y no lo vio. Energía: Puedes citar todo el guión de Napoleon Dynamite a través del corazón por si acaso sucede (con un gancho o un gancho, nunca sucede).

John: Un mago del ajedrez mitad coreano que pierde como una luna azul y está de mal humor durante semanas. Electricidad: Él es quien inventó "RICA" aquí; a pesar de todo el bombo publicitario, debes admitir que es el más divertido de todos.

Meera: 1/2 india, en su mayoría perlita. Ella es nueva en el ajedrez, pero es una estudiante de primaria inglesa y su sensibilidad a la poesía del ajedrez le da una ventaja única. Poder: Meera siempre es la más cercana a su Mystery Goal™ □ . Tienes que estar pendiente de ellos.

Jeremy: Jeremy es técnicamente mitad blanco, solo que su otra mitad también es blanca. Pero es un cuarto portugués, es prácticamente hispano, es prácticamente mexicano y, si puede venir, también lo es. Aspectos de mayor dominio: Jeremy realmente explora los movimientos de ajedrez en su tiempo libre. También puede escuchar podcasts de ajedrez. La mente divaga.

Concursante ADICIONAL: Josh es el cantinero mitad japonés que a veces se sienta y te mira jugar. Probablemente lo hayas visto durante este juego, pero también puedes hacer café. Electricidad: No ve la forma de jugar al ajedrez, pero sabe más que tú.

The Sports Project La forma correcta de configurar el ajedrez amistoso es dos contra. y dejar que los ganadores jueguen unos contra otros. Primero juegas con John; Ya sabes que él sabe lo que entiendes, que has pasado a la siguiente ronda, pero cantará con gracia al unísono para anunciarlo.

Primero, se asegura de que puedas jugar con blancas para obtener el primer pase. Tienes que decir: "¿Por qué las blancas siempre pueden jugar primero?" Solía ser una broma, pero ahora es un verdadero ritual. Omitir este paso también le permite lidiar con los incorrectos antes de comenzar.

Después de eso, empieza a pensar en qué piezas quieres ser las primeras. Ahora debería entender realmente qué aperturas son de alta calidad, pero nunca debería olvidar si es el peón del centro derecho o el peón del centro izquierdo y si dibujar una o más zonas. Dos espacios son más audaces: muestra confianza, agresión, una "ceja de Undertaker Addams" (falsamente) que sugiere reconocer algo que John no reconoce. Es el Indiana Jones de los movimientos de principiante. Hacer trampa frente al peón izquierdo, luego frente al peón derecho y decir: "De verdad, creo que primero necesito adelantar a mi caballo. Mantenerlo en constante incertidumbre.

Tan pronto como tus dedos salgan de tu habitación, te darás cuenta de que has pedido el deseo equivocado. vive en paz El mejor ajedrecista del mundo no teme a los segundos grandes, pero lo peor de todo: son absolutamente impredecibles. Le brinda una experiencia segura para comprender que John no puede examinar sus pensamientos. Y si no puede apostar por tu próximo movimiento, tampoco puede apostar por tu destino. Por eso es absolutamente esencial seguir jugando a este tipo de juegos.

Ayuda si piensas en cada una de sus piezas como una distinción complicada y trágica. El rey es bastante viejo, mientras que absolutamente todos saben que su esposa mandona y mandona está usando los pantalones aquí.

Los dos obispos son adversarios, involucrados en diversos grados en intrigas judiciales. El único que logra atravesar los cuadrados blancos es el confesor de la reina y un posible desertor, lo que explica sus decisiones misteriosas y aparentemente irracionales. Tu alfil de casillas oscuras es inflexible, pero por interés propio. Sus movimientos son fríos, políticos, implacables. Este granjero aquí es muy vacilante, tal vez un poco asfixiante; su hermano, por otro lado, es despiadado y desinteresado. Sacudes la cabeza ante su estupidez, incluso mientras admiras su valentía, y suspiras cuando cae en las garras de uno de los codiciosos caballeros de John (sus caballeros dudan de los nombres y posiblemente sean los mejores vigilantes).

NB: Es muy importante que no importa cuántas veces te haya explicado las instrucciones, culpes a John por siempre hacer trampa.

Con el ceño fruncido, John trata de comprender su método, por lo que está listo para admitir errores de los que no se da cuenta (lo sabe, pero tiene sus intenciones). Comienza a relajarse, tirando distraídamente de la barba que ha crecido en la última semana (John se afeita cada vez que se ducha, pero como la mayoría de los coreanos, no produce olor corporal. Es verdad). En los largos períodos entre sus acciones y las tuyas, seguirá diciendo a su manera que duda de su estilo de vida personal. Eres matemático y podrías demostrarle matemáticamente que realmente existes. Jean responderá dudando de la vida de las matemáticas; es una filosofía predominante. Estarás tentado a asumir que la filosofía no existe actualmente, lo que conducirá a una catástrofe existencial significativa visible desde Marte. No cedas ahora a ese deseo, lo volveré a repetir. O pregúntale si está pensando en dejar de fumar. No te rindas al liderazgo. Arrójalo lejos del olor de tu verdadera meta, la meta que aún está oculta para ti.

Beba cientos de espresso horrible para deshacerse de las migrañas. Cuando eso no funcione, insista en que son el resultado de la abstinencia de cafeína. Josh te preparará tu bebida después de que bebas (Josh lo hizo en el gimnasio de todos modos, qué lindo milagro) y le dará a John algo más de qué hablar. John dirá que tu espresso es terrible. Esta muy frío; es muy ácido; Josh puso demasiado café molido en la máquina. Se queja de tu café, de que estás bebiendo y de que aún no lo has probado. Tal vez quiera distraerte del juego, reír y jugar juntos. Estás a punto de descubrir la causa del fracaso o tal vez la forma de vida que, si llegas allí, es definitivamente el mismo factor.

Meera debe haber golpeado a Jeremy porque podía oírse reírse en algunas mesas. Tiene la risa más increíble que jamás hayas escuchado: encantada, feliz, despreocupada y totalmente inesperada. Se ríe tan fuerte que no puedes imaginar que sus anteojos se le peguen a la cara. A ella y Jeremy les gusta ver que sus juegos terminan. Jeremy dirá que es el mejor foro que he visto y te comprometes. Considerado uno de sus peones, es posible que Dampy haya sido capturado y decidido a vengar a su hermano, lo que le valió el ascenso a segunda reina. El resto de tus fichas formarán una diagonal en la esquina derecha, atrapando las torretas de John. Pero a pesar de sus nobles esfuerzos, John es más efectivo limpiando su desorden con algunos golpes rápidos de Dark Queen y su último Dark Bishop. Las torres negras flotan entre sus peones blancos como humo.
Y tienes problemas con eso.

Porque no tenías miedo de perder el juego en absoluto, solo temías que no hubiera un juego para jugar. Miedo de llevar contigo mucho menos de lo que crees, miedo de que 50/50 sea definitivamente 0/0 porque no eres blanco ni mexicano y no importa lo que le recomiendes a John o con qué delicadeza lo discutas en cualquier otro caso, miedo a inexistente

El ajedrez es una guerra. Es bueno darse cuenta poco a poco de que eres una persona capaz de conflictos. Eres alguien que existe. Y tal vez haya alguien más, alguien fuera de ti, que esté igualmente en conflicto, reconociéndote como un todo.

"Consulta amigo".

Dos lados de la misma moneda. Conclusión 50/50. Las mitades de un colgante de amistad encajan entre sí.

Todos tenéis el mismo objetivo, un objetivo que nadie más que vosotros sabía que era secreto.

Compañero de cheque.

"Gente del Gusto"

Mantuvo su arma apuntada hacia ella mientras estaban sentados uno al lado del otro en su pequeña mesa de madera en la sala de estar de su pequeño apartamento. Sostuvo el arma contra la mesa, entre la copa de vino y un centro de mesa con una vela encendida por un soltero.

"Te prometo", dijo, "no se lo diré a nadie si me dejas cruzar ahora". No la policía ahora. ni mis amigos, ni siquiera mi abuela sorda.

Un hombrecito anticuado se acercó a ellos, sosteniendo las asas de una bandeja de plata. Colocó un tazón de sopa humeante frente a cada uno de ellos.

"Gracias, Pedro", dijo.

SOPA: POZOLE DE CARNE HUMANA

"No estarías de acuerdo en cuántos años me tomó perfeccionar esta receta", dice casualmente, como si estuviera hablando con alguien a quien conoce desde hace años. Obtener las piezas carnosas es un proyecto en sí mismo, por supuesto, pero existe la molestia de cortarlas en pequeños cuadrados por motivos estéticos. Las especias también son un problema, pero he descubierto que las negras saben mejor que todas las demás. Quiero decir, ¿verdad?

El horror estaba escrito en su rostro. Su cuchara peinó al hombrecito con pozole, repollo y cuadritos de carne.

"No voy a comer esto", susurró, más bajo que un susurro.

Sus ojos nunca dejan los suyos mientras chupa el caldo marrón de su cuchara. "Come la sopa o sé parte de la sopa", dijo, agitando su arma hacia ella.

Cerró los ojos. Lentamente se llevó a la boca una cucharada de pozole. Para su sorpresa, la carne es tierna y jugosa. El caldo estaba salado con la cantidad justa de condimentos. Entonces no vio forma de experimentar; El pozole es ciertamente delicioso. Su reacción lo llenó de alegría.

ENTRADA: PALMERI FRITO ACOMPAÑADO CON RANCHO

Hizo una mueca cuando el esmalte de sus dientes se agrietó en uno de sus dedos crujientes y empanizados que, dado su tamaño y forma, pensó que pertenecía a un hombre o una mujer fornidos. Notó sal, ajo y un toque de especias cajún, entre otras cosas. La carne se ha endurecido y sabe a carne roja, pero con un sabor fuerte.

"¿Entonces ella también es un hombre negro o una mujer negra?" Ella preguntó.

"No, es una mujer blanca de Lancaster, Carolina del Sur", dijo, con la boca llena, el rancho entre los labios y la barbilla. "Ella amaba el fútbol como no lo creerías. Siempre quisiste un hijo, una estrella de fútbol, ¿verdad? Ver: Tres niñas únicas de 3 niños. Se convirtió en una maldición.

Su mandíbula se detuvo mientras masticaba. Luchó contra la ola de terror y tristeza que se apoderó de ella. Mientras miraba los huesos de su budín crujiente, no pudo evitar adivinar que rápidamente pertenecía a una madre apasionada y decidida y a las pequeñas damas que ahora extrañaba.

"Pero ya no soy racista", continuó. "¿Te imaginas si realmente estuviera en una dieta negra? No importa si soy un caníbal, ¿verdad? Sin embargo, fue sorprendente que me costara encontrar un personaje negro con brazos tan grandes. Soy un racista. Tenía un amigo negro en la escuela. jeff wilson Un tipo muy agradable. camiseta de fútbol. Levantó un dedo crujiente. "Él habría apreciado a una persona como Jeff para tener un hijo". Creo que sí, que salía con gente de color. . "

ENSALADA: ENSALADA DE CARNE MEXICANA

Nunca soltó el arma mientras comía. Estaba de pie encima de la mesa, el cañón apuntando hacia ella, siguiéndola con una mirada dura y rápida. A pesar de su humillación ocasional, sabía que se estaba poniendo enfermo, perturbado y peligroso. Pero todo en esta ensalada sabía tan limpio que estaba cultivando lechuga, tomate y maíz en su apartamento.

Habló y habló. Luchó para pagar intereses, para encontrar una salida a su difícil situación. Difícilmente podía ser consciente de otra cosa que no fuera la cantidad de carne humana que había comido. El ser humano triturado en la ensalada sabía a humo. No tenía ganas de ahogar la ensalada en el aderezo en un acto de negación. La carne estaba bien organizada.

y luego ella dice "Oh" y yo muevo "Oh" y ella o él sacude su brazo ensangrentado con un ruido sordo. Agitó una mano separada sobre su hombro para imitar a la persona con la que estaba a punto de hablar. Y todos nos echamos a reír. Tallahassee es salvaje, dime.

Se ríe con ganas. Ella también se rió, pero rara vez fue convincente. "Así que tu amigo de allí", dijo, refiriéndose al anciano en la cocina a unos metros de distancia, "¿es tu cómplice?" El anciano se paró frente a un horno de microondas que zumbaba.

“Guillermo está ahí para calentar y servir las comidas. Y haz que el vino se vaya. Pronunció la última frase lo suficientemente fuerte como para llegar a la cocina y condujo al anciano a la mesa, con una botella de vino en la mano. “Las comidas fueron precocinadas esta mañana. Trabajé en cada bocado. No puedo haber amado tu organización mientras cocinaba todo limpiamente. La cita sería tan aburrida. Se ríe de nuevo. "Estabas allí hace un momento".

Ruta principal: BUM STEAK CON PATATAS ASADAS

El anciano colocó cada plato cuidadosamente frente a él, como si el sonido de los tambores acompañara la presentación del plato. Su boca estaba abierta de par en par, su lengua flotando entre sus labios agrietados.

"Creo que tu amigo necesita agua", le dijo a su captor.

"Roberto bebe una gaseosa cremosa", dijo. El orgullo creció en sus ojos mientras miraba sus comidas, hipnotizado. Se convirtió en burro, limpiando las nalgas de todos los que se sentaban sobre él, "... sazonado y marinado con mantequilla, ajo y hierbas durante más de dos semanas. Frito inusual. Tan simple, pero tan elegante".

Con su mano libre, levantó su tenedor. Justo cuando estaba a punto de bajar el arma casi por completo para recuperar el cuchillo, vaciló. Decidió quedarse con el arma, pero lo apuntó de todos modos. En lugar de cubiertos, tomó el bistec de tocino y arrancó un trozo con los dientes. Un jugo rojo goteaba de su barbilla. Masticó con avidez y no tragó más que un bocado. Él la miraba todo el tiempo. No quería nada más que ver su reacción al sabor.

Cerró los ojos y retrocedió un poco. Se lo metió en la boca y volvió a disgustarse, disgusto por lo que tenía que devorar, disgusto por lo rico que estaba. Este será el culo de calidad que he comido.

POSTRES: Fracturas fálicas cocinadas con canela

"¿Que diablos?" exclamó cuando el anciano les presentó el negocio. "Oh Dios mio."

3 bolas de helado de vainilla, chocolate y fresa, cada una cubierta con crema batida y una cereza, ligeramente derretidas sobre un pene erecto cubierto de canela (sin cortar en rodajas).

"No tienes idea", dijo, "cuántos hombres tuve que pasar para descubrir una polla tan grande. Lo complejo que es mantener el difícil aspecto post-mortem. Así que esta es la primera vez que hago esto". postre, así que espero haber ido bien".

"Creo..." dijo, "... Creo que es excelente. Creo que eres brillante. No entiendo cómo alguien puede tomar partes del cuerpo humano y hacer comidas tan deliciosas con ellas, nunca me había impresionado tanto. ." en toda mi vida. .

"Gracias", dijo, aliviado de que ella finalmente disfrutara cocinando. "Tengo que adaptar mucho mis recetas al mundo. Sería un punto de inflexión: las personas en los países negativos se mueren de hambre, incluso cuando las poblaciones humanas continúan creciendo hasta que el planeta ya no puede abastecernos a todos.

"Así que el canibalismo puede matar pájaros de un solo golpe". ¡Exactamente!

Sus cabezas se inclinaron hacia adelante mientras se miraban. Ella se mordió el labio inferior por un momento, haciéndolo sonreír. Se inclinó sobre la mesa. Ella tomó el suyo hasta que cambió de opinión y mojó las yemas de los dedos en un poco de crema batida. Con una risa, se untó la crema batida en la cara. Para no quedarse atrás, le tiró un poco de crema batida, que terminó en su cabello. A todos les tiraron el helado, luego el vino rosado de las copas. Se quedaron allí, se rieron, hicieron una conexión.

Ambos alcanzaron el pene al mismo tiempo. Sus brazos se tocaron.

Lo examinó. Parecía haber regresado. Ojos cerrados. corte del alma. Un amor que desafía el protocolo del secuestro y la decencia social.

Agarró el pene. En cierto punto de la cocción, debe estar blanda, de lo contrario seguirá estando dura. Giró cada centímetro de él contra su mandíbula como un bate de béisbol. Se desmayó antes de tocar el suelo cuando el arma se le escapó de la mano. Se ha convertido, en su opinión, en la mayor gloria de cualquier mujer de mente abierta: derribar a un hombre que intenta aprovecharse de ella. Cruzó la mesa para pararse encima de su marco. Sus palmas apretaron esa gran polla hasta que sus nudillos se pusieron blancos. Él lo jodió. Lo azotó. Ella lo abofeteó en la cara varias veces hasta que él jadeó.

Tal vez cambió porque se dejó llevar por la adrenalina, o más probablemente su anterior gusto por la carne la hizo querer más. Luego, cuando se arrodilló junto a su cuerpo inconsciente, levantó el antebrazo y lo mordió. Todo lo que probó fue el vello de su brazo, y como no eran negros, estaba segura de que podían ser tan suaves que necesitaba al menos algunos pimientos de limón. Pero ella no pudo evitarlo. El truco parece cortar la carnosa parte inferior de su antebrazo, pero ella mordió el hueso. Le había magullado la piel, probado su sangre, se había vuelto muy impaciente a pesar de que había hecho pocos progresos.

Mientras tanto, el anciano no tenía interés en lo que acababa de suceder. Se sirvió una lata de Cream Soda para seis personas de una PC en el refrigerador. La bebida gaseosa dulce, sin sangre y refrescante lo llevó a un reino de tranquilidad donde nada menos podía alcanzarlo.

"Comer es vivir"

TW: Da miedo y es bastante extraordinario. Hay breves momentos de violencia implícita. Reparto de terror cósmico.

¡Saludos y buenas noticias para todos mis compañeros! Gracias por visitar mi blog de comida: Food for Living: ¡La comida es amor, la comida es un estilo de vida!

Habiendo comenzado este blog de cocina hace muchos años, ciertamente no sabía nada de cocina. Mis padres no eran chefs cuando yo era pequeño. Nuestras herramientas de cocina más utilizadas eran el congelador y el microondas, así que cuando comencé mi aventura culinaria tuve que encontrar esa primera clase de cocina. No es ningún secreto que las comidas han cambiado a lo largo de los años y han consumido mi existencia, pero todavía me da la misma sensación de satisfacción que cuando cociné mi primer huevo revuelto hace tantos años. Nos vemos luego en el pasado. Increíblemente largo. Es difícil. Mi mamá y mi papá no limpiaron nada, eso es una ventaja. A veces no habíamos comido nada en casa durante días. De vez en cuando, mi hermano pequeño y yo teníamos que ir de puerta en puerta en nuestro vecindario pidiendo basura y basura de oficina. De vez en cuando estaba demasiado débil para caminar. A veces tenía tanta hambre que pensaba que iba a morir. Ocasionalmente. Nosotros. Unión Europea. Hasta hasta. Hacer algo. Nosotros. Unión Europea. Hasta hasta. Hasta hasta. vivir de.

Pero ahora tengo mucha más confianza en la cocina, ¡y tal vez tú también! Tengo mucha suerte de saber lo que me hace más feliz: compartir mis recetas que tú, querido lector, podrías hacer en casa.

Recibo muchos mensajes y preguntas de ustedes, hermosos amantes de la comida, para recetas con un factor súper WOW. ¡Algo para revelar en una cena de la que realmente se desharán! Meals to Live siempre se ha tratado de recetas para el hombre común. La cocción se realiza de forma limpia y rápida, pero aún así da una sensación de satisfacción. Siempre he creído que la cocina es para todos contagiar amor, consuelo y alegría a quienes son especiales en su existencia. Cocinar debería ser una experiencia fácil y divertida, pero creo que a veces la salsa de frijoles con 4 quesos y la cazuela de pollo no son suficientes para una pareja. Impresionar a tus visitantes es bastante difícil. La gente puede ser muy quisquillosa a veces, pero reconozco este elemento que puede hacer llorar de alegría incluso al más quisquilloso. Un plato que demostrará hasta al más escéptico que existe un Dios.Entiendo lo que necesitas. Quieren las cosas grandes. El brillante ejemplo de felicidad culinaria. El trono dorado de pimientos sobre cebollas. La silla alta que aparece en la oscuridad y chisporrotea carne en conserva internacional y fideos enlatados. Deje que la basura y el barro se deslicen debajo de usted y apeste como la baba de las profundidades marinas que llena sus rostros manchados de pizza mientras vuela cada vez más dolorosamente hacia el cielo nocturno en un carro de fuego negro y recorre los salones de los dioses de la noche. .

TODO ESTARÁ BAJO TODO DOBLARÁ A NUESTRO REY

Alimentos para la VIDA Alimentos para la EXISTENCIA Alimentos para la VIDA Alimentos para la VIDA Alimentos para la VIDA Alimentos para un estilo de vida

¡Entonces vamos a comenzar!

Es posible que necesite esto:

cuatro huevos gigantes

12 onzas de queso cheddar (rallado)

Medio bloque de requesón

2 pechugas de pollo

Cuatro a 6 cebolletas frescas

nueve cucharadas de tomillo

Cuatro onzas y media de mantequilla (ablandada)

12 dientes de ajo

Dieciséis tomates de sombra

4 cubitos de mayonesa perforados

19 asquerosas tiras de chalota peladas (finamente picadas)

1 tono en blanco

Cadenas de un dios durmiente (frotar)

1 constricción torácica

2 cosas oscuras y retorcidas que comen al límite de tu mente

3 picos en la mente de un loco

Ninguna luz puede estallar

Ningún pecador puede ser perdonado

No puedes escapar de la realidad una vez que el Maestro ha regresado.

Él también nos está llamando ahora. ¿No puedes pagarle intereses? Sus canciones nos ofrecen un atisbo de la verdad perceptible de todo esto: que nosotros, pequeñas e insignificantes hormigas que somos, podemos ser parte de su nuevo internacionalismo. Una vez que esta débil burocracia sea expulsada de nuestros huesos, podremos renacer conscientemente en su fotografía, protegidos por sus grandes alas negras y acunados por sus manos. Él nivelará a estos miserables internacionales y barrerá el polvo de nuestros pecados personales mientras nos paramos sobre los picos de las montañas y escuchamos el coro de gritos. Podemos oler la sangre en el aire; Este miasma de fatalidad puede ser como el vino para nosotros. Bebe en el sufrimiento de los de abajo. Salta sobre él con alas emplumadas como ángeles envueltos en llamas. ¡Venir! Para pagar el alquiler. El canta. El desea. Y esperamos

Sal y pimienta para probar.

¡Primer factor primero! Asegúrese de usar un cuchillo excepcionalmente afilado cuando prepare carne y verduras. No necesitas coraje; Desea deslizar el cuchillo a través de la carne como si fuera mantequilla. ¡No vi la carne! Deje que su cuchillo haga todo el trabajo y déjelo deslizar, asegurándose de que estreche la arteria corroída y no la tráquea. No quieren escuchar tus gritos la primera vez.

¡Afila y guarda siempre tus cuchillos! ¡Sin óxido, sin costra, brillo y brillo muy útiles!

Ahora entiendo que tengo a mi disposición una gran colección de lectores con claras necesidades dietéticas, alergias alimentarias y aversiones alimentarias. Es por eso que he hecho una breve lista de sustituciones que dejarán intacta el alma de la receta y le brindarán, querido lector, exactamente cuáles son sus mejores opciones.

Si eres vegano, he descubierto que los hongos melena de león son un excelente sustituto del pollo. El sabor es dulce pero ligeramente mantecoso y la sensación es perfecta. Con los condimentos adecuados, el sabor es casi demasiado pecaminoso para experimentarlo. ¡Simplemente reemplace los ingredientes de la leche con equivalentes veganos y listo! Animal resaltado sin jaguar. ¡Mal sabor!

El ajo fresco es mejor, pero puedes usar ajo en polvo en una pizca si es necesario.

Los tomates a la sombra dan miedo fácilmente, así que asegúrese de que estén seguros y cómodos. Comuníquese sin problemas con ellos. Dígales qué proceso increíble están atravesando. Prométeme que no les harás daño. Que te puedes morir y luego dejar que pase lo que pase entre tu amistad. Cuando aprendan a respetarte, clava el cuchillo en el medio. Para la salsa, córtala en cubos y reserva la mayor cantidad de jugo posible. Los tomates enlatados también son de primera categoría.

Una mujer sin rostro siempre ha cambiado.

Que se ató el pelo con un lazo.

el empezo a llorar

Pero tus ojos todavía estaban secos

Te escapaste y él o ella empezó a correr

Use un bloque de queso y ralle usted mismo Queso pre-rallado de una bolsa para romper la textura. ¡Me niego a entrar allí!

De acuerdo, lectores de caramelos, ¡aquí está la guía paso a paso para desarrollar esa táctica de cena sorpresa que ha estado deseando! Se vuelve un poco complicado, pero quédate conmigo y estarás bien. Recuerda que lo que se ha logrado no se puede deshacer. Una vez que comience este método, ya no podrá evitarlo. Puede que no seas el mismo cuando estás parado así. Así que. eres un verdadero creyente, supongo que lo averiguaremos, el receptor? Ármense, hijos de la carne, y reciban las tinieblas con las manos abiertas. Solo sal kosher, en absoluto. Le da mucho más control sobre el condimento, así que ahora no le ponga demasiada sal a su plato. ¡Aqui estamos!

Paso 1: ajuste la parrilla al centro si lo desea y configure el horno a 450F.

Paso 2: Picar finamente las cebolletas. Separar el verde del blanco y picar finamente el blanco de la cebolla.

Paso 4: Secar y cortar en tiras. Luego corta las tiras en cubos de unos 2,5 cm. Luego corte los cubos en pulpa. Luego corta la pulpa en Cuisinart. Pasta. Sigue reduciendo. Cortar hasta que desaparezca el dolor. Sigue cortando. Sigue reduciendo.

Paso cuatro: los chalotes ahora gritarán cuando se usen, excelente para ponerlos rápidamente en su miseria. Cuando los rostros de amantes inútiles aparecen en cada chalote, sabes que están maduros. Exprime el jugo de limón espumoso. Recoja las lágrimas en un tazón pequeño y guárdelas para más tarde. Rompiendo la antigua reputación de la chalota.

Paso 7: no mires al espacio; no estás listo Cuéntanos en su lugar. Cuéntale sobre tus esperanzas y deseos y los oscuros secretos y técnicas que tienes en la parte de atrás de tu cabeza. Enfócate en una sola voz. Al principio estará en silencio, pero pronto todo lo que tienes que hacer es escucharlo. cántale que beba tus dulces tonos. Deja que te reconozca. No tengas miedo. Pronto, lo sabrá todo.

Paso 80: Calentar una sartén con aceite caliente y tostar el tomillo. Descubrirás que aporta ese maravilloso sabor a tu hierba. ¡Tenga cuidado de no quemarse! El tiempo es duro. Son las ____ reloj -

Paso 81 - Llorar. Vuelve a llamar a tus padres. Entra lo inevitable.

Cuarto paso: Érase una vez un gran árbol en un país lejano; el árbol más alto y más ancho del mundo. Le tomaría un año moverse alrededor de su enorme torso. Las copas de los árboles se elevaban por encima de las nubes y rasgaban el cielo. La gente construyó ciudades y aldeas alrededor del preciado árbol, a salvo a su sombra. Todo fue maravilloso. Hasta que un día un niño intentó trepar a un árbol. El niño adelgazó y se asustó, lo que convirtió a muchos niños de su edad en objeto de burla. Pero sabía que sería especial. El niño podría hacer algo que nadie en el mundo jamás soñaría hacer. Empacó el almuerzo y una botella de agua, abrazó a su madre que lloraba y comenzó su búsqueda del auge de la primera clase. Subió y subió. Los días se convirtieron en semanas. Las semanas se convirtieron en meses. Al mismo tiempo rompió las nubes; sin embargo, el árbol se elevó hacia el cielo nocturno. El niño se quedó sin comida, por lo que devoró la savia que brotaba de las aberturas del árbol. El niño se estaba quedando sin agua, así que arrancó ramas y hojas del cuerpo del hermoso árbol y absorbió tanta humedad como pudo. Pasaron los años y el niño se convirtió en una persona. La persona estaba tan exagerada que el sol a través de su rostro excedía el valor correcto. Lo sacó de la nada y lo aplastó hasta convertirlo en polvo. "Si me quedo en la oscuridad en ese árbol infernal", dijo el niño, "que ella también esté en la oscuridad".

La persona se ha vuelto amarga y cruel; pero aparentemente no escaló los picos antes de comenzar. Tantos años postergados y la persona olvidó su existencia por el árbol. Se olvidó de todos los sabores excepto del jugo amarillo. Se olvidó de todos los olores excepto del aire viciado que lo rodeaba. Se olvidó de todas las sensaciones excepto del frío. En un momento, el hombre simplemente vislumbró el pico y cortó su visión, rodeado de estrellas titilantes. El hombre lloró profundamente, tarde o temprano tan cerca de darse cuenta de lo que más deseaba su corazón. Se subió al tronco de alto valor, arañando y mordiendo para finalmente sentarse en la parte superior del árbol y aparecer en la arena mientras todos caían sobre él. Tarde o temprano, cuando estaba a punto de poner su mano en el buen árbol, su pie perdió el equilibrio y resbaló. Cayó en la sombra y la luz de las estrellas. Los sonidos de sus gritos resonaron en todo el planeta. Pero ahora cae. Es su castigo. Y así caerá hasta que las montañas se ensucien y los océanos se congelen. Hasta que los demonios lluevan del cielo y el cielo sangre púrpura y negro. Todavía puedes escucharlo gritar.

Paso 5: Espolvoree queso cheddar rallado sobre su introducción y tueste durante cinco minutos. Una vez frío, divide en ocho y ¡sirve!

Éste

servirte

Vive para servirte.

servirte

El agarre con la corona de hueso

servirte

SERVIRLO

Genial, si llegaste al final de esta publicación, ¡eres uno de los pocos afortunados! Muchas gracias a mis seguidores y patrocinadores, sin ustedes nada de esto es posible. ¡Espero que este plato te traiga mucho orgullo y sobras! Echa un vistazo a mis otras publicaciones de blog para obtener recetas más convencionales. La cocina puede cambiar tu vida, amigos. Cambié el mío. comidas para la casa

Las comidas son existencia, las comidas son amor.

Las comidas son libertad.

Día de Acción de Gracias

Esta historia contiene temas o menciones de suicidio o autolesiones.

Mike McCall estaba sentado solo en el balcón de Denny's en Sheridan Side Road, en las afueras de Boulder, Colorado. Miró el menú con ojos empañados. Tu mente se ha convertido en un lugar diferente. Allí, el chorro duró casi ocho horas en su Ford Taurus alquilado, incluso cuando se detuvo para ir al baño. Ahora se preguntaba: ¿debería tragarlo, darle la vuelta o esperar? ¿Realmente conduje casi 450 millas para pasar el Día de Acción de Gracias con bistec frito y huevos? No, fallé. Arrojó el menú sobre el mostrador y caminó de regreso al estacionamiento.

Dar de comer al restaurante de Mapleton Hill le llevó unos veinte minutos, pero durante la siguiente media hora, Mike caminó lentamente a través de esta costosa comunidad arbolada que seguía fumando luminarias Marlboro. Mientras bajaba la ventanilla, debería haber oído las réplicas de finales de otoño y el viento silbando entre las ramas casi desnudas de los abedules blancos que cubrían ambos lados del Azalea Force. La mayor parte del tiempo había dudado de la llamada porque las azaleas no se encontraban por ninguna parte. Bajó las escaleras, ordenando sus pensamientos y contemplando la gran residencia en la estación más alejada del callejón sin salida, mientras hojas amarillas, anaranjadas quemadas y marrones cubrían los enormes jardines bien cuidados que flanqueaban el camino de adoquines.

Mike ahora se había convertido en un lugar común para la última invitación de su cuñada para pasar el Día de Acción de Gracias con su propia familia. Habría rechazado este nuevo intento y hecho una reconciliación, como ha hecho habitualmente a lo largo de los años, pero ahora los tiempos se han torcido a la derecha.

A pesar de los años que han pasado, la casa de su hermano no ha cambiado. Una estructura achaparrada y gigantesca que rivalizaba con las casas victorianas altas, de alta tecnología y techo inclinado que se elevaban sobre Mapleton Hill.

La casa estaba adornada con una variedad de hiedras colgantes y envuelta alrededor de una serie de columnas dóricas. Las columnas formaban una columnata, que a su vez sostenía un techo inclinado de tejas españolas de unos veinte pies de largo sobre una terraza que su hermano había llamado categóricamente el "Pórtico". Encima de la entrada principal había un enorme friso octogonal pintado, salpicado de piedras de diferentes colores que a Mike le parecían un vórtice en constante movimiento entre una manada de depredadores y un muñeco de nieve. Se ríe de ese pensamiento. Conociendo a su hermano Robert James McCall III, pudo haber sido víctima de esto. Robert nunca se convertirá en alguien a quien subestimar o, francamente, en el apogeo de su riqueza. Para Mike, su hermano mayor usaba esa riqueza de manera payasesca, como un botón de solapa o una nariz falsa y anteojos de goma. Un bufón de la corte que de alguna manera se convirtió en rey.

No había hablado con su hermano durante los tres años que estuvo en libertad, ni los últimos años de sus cinco años. Formulación. La última vez que hablaron, se dieron la vuelta cuando Robert lo visitó por única vez en prisión para decirle a Mike que lo habían sacado de la junta de la agencia de protección familiar y que había tomado su lugar. . su padre, que ahora está retrasado, para cortar a Mike todos los lazos económicos con las numerosas oficinas familiares y sus propios ingresos.

Mike dejó que el Toro cruzara lentamente la zanja hasta la casa de su hermano, con la ventana abierta para dejar salir el cigarrillo al aire fresco del otoño. Todavía parecía que iba a nevar, lo que habría sido un gran paseo. Se preguntó si Avis se enteraría de que había infringido la prohibición de fumar y tendría que escuchar el chirrido de los neumáticos al rodar sobre las hojas que se habían amontonado en la alcantarilla. Aparcó el Taurus, cogió una pequeña bolsa de gimnasia del asiento del pasajero y se apeó con cuidado.

Mientras camina por el sinuoso camino de piedra cubierto de lámparas de cobre con forma de campana, Mike debe ver a los invitados de su hermano dando vueltas enmarcados por las ventanas con varios vasos, bebidas en la mano, perfectamente vestidos. Sintió que había diagnosticado a algunos primos lejanos, pero la mayoría de ellos eran extraños y por un momento deseó que su madre todavía estuviera viva. Ella ya había muerto poco antes de que él fuera sentenciado, pero ahora era simplemente excelente.

Se abotonó el harapiento abrigo y se quedó mirando las pesadas puertas dobles del African Blackwood, debatiéndose entre golpear o tocar el timbre. Debería haber olido el pan horneado mezclado con lo que sabía que era pavo asado. Probablemente el trabajo de un restaurador caro, todavía bastante estacional y bonito. Después de un momento de indecisión y preocupación, sonó el timbre.

Cuando era niño, Mike volvió a celebrar el Día de Acción de Gracias con su familia mientras esperaba en la puerta. Siempre se ha convertido en su fiesta favorita, incluso mejor que la Navidad. Recordaba a su círculo de familiares parados en la mesa, atiborrados de los ingredientes que parecían comer una vez al año, y ella había organizado todo desde el principio con la ayuda de su madre y su abuela. Jamón crujiente cubierto con costra de hierbas. Las remolachas asadas de color rosa sangre se sientan sobre lechos de lechuga verde. Quimbombó frito bañado en masa, espolvoreado con queso rallado y cubierto con salsa picante casera. Y, por supuesto, el pavo limpio que quería cocinar la mayor parte del día. Todo adornado con un pastel de camote protegido por crema batida espumosa. Tenía hambre y este fantasma entró en su boca.

La puerta principal se abrió. Mike se sintió desorientado por un momento mientras sus ojos se acostumbraban al intenso, intenso brillo que emanaba de la "habitación reconocida". La habitación estaba como la recordaba. Los pisos de caoba teñida de oscuro, cubiertos con alfombras persas ornamentadas, están iluminados por tres grandes candelabros de vidrio Moreno dispuestos en un triunvirato de gigantes tulipanes morados invertidos. A la derecha estaba el piano de cola Steinway and Sons de color blanco perla, que probablemente solo alguien más podría tocar. A la izquierda había una oficina larga e improvisada con braseros de acero inoxidable, todo protegido y arrojando espirales de vapor, incluso con la ayuda de una mujer con bata blanca y pantalones negros. Justo enfrente de él estaba su hermano.

"Adelante, Michael", dijo Robert en voz baja y tranquila. Dio media vuelta y caminó lentamente hacia el dormitorio. Para Mike, parecía que los invitados lo miraban como si se hubiera convertido en un reptil inusual que se había escapado de su jaula.

Moviéndose rápidamente, Mike agarró la mochila que llevaba, sacó una pistola Glock de 9 mm robada y le disparó a su hermano por detrás de la punta. Robert se tambaleó hacia adelante y aterrizó sobre su estómago, la sangre de su cráneo destrozado formando un charco púrpura cada vez mayor. Los gritos de los invitados sonaban apagados y distantes, como si fueran vecinos lejanos y activos. Mike se metió firmemente el cañón de la pistola, aún caliente, bajo la barbilla y volvió a sacar la funda.

www.ingramcontent.com/pod-product-compliance
Lightning Source LLC
LaVergne TN
LVHW020525160826
845677LV00015B/3902

* 9 7 9 8 3 5 9 7 9 1 9 6 0 *